어머니와 도시락

사임당 시인선 27

어머니와 도시락

© 2024 황기숙

초판인쇄 | 2024년 8월 25일
초판발행 | 2024년 8월 30일

지 은 이 | 황기숙
펴 낸 이 | 배재경
펴 낸 곳 | 도서출판 작가마을
등   록 | 제 2002-000012호
주   소 | 부산시 중구 대청로 141번길 3, 501호(다온빌딩)
              서울시 도봉구 도당로 82(방학1동, 방학사진관 3층)
              T. 051)248-4145, 2598   F. 051)248-0723   E. seepoet@hanmail.net

ISBN 979-11-5606-263-9   03810   정가 12,000원

※ 본 도서는 2024년 지역문화예술인지원공모사업 '철원문화예술지렛대'의 일환으로
   (재)철원문화재단의 지원을 받아 제작되었습니다.

철원문화재단
Cheorwon Cultural
Foundation

사임당 시인선 27

어머니와 도시락

황기숙 시집

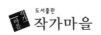

도서출판
작가마을

첫 시집을 펴내며

그동안 틈틈이 쓰던 글을 세상에 내놓는 데는 용기
가 필요했다.

항상 글을 쓰면서 나는 배우는 처지였었고 도서관
문예 창작반에 글을 발표하기 전날에는 고민이 많았
다. 어떤 때는 밤잠을 설칠 정도로 마음이 여린 것이
나의 성격이다.

이런 저에게 시집 발간에 어깨를 두드려 준 것은 남
편이었고 오랜 지기 현미숙 시인과 주변 문우들이다.

남들 보기 창피한 글을 모아 시집으로 내는 것은 그
동안 썼던 것을 정리하고 더 깊은 문학세계로 발돋움
하기 위한 정리라고 핑계를 해본다.

　　이 시집을 발간하는 기회를 준 (사)철원문화재단과
정춘근 선생님 그리고 출판을 허락한 작가마을 배재
경 대표에게 감사드린다.

2024년 여름

황기숙

황기숙 시집 어머니와 도시락

차례

황기숙 시집   어머니와 도시락

황기숙 시집   어머니와 도시락

제 1 부

어머니와 도시락

닮아가기

참깨를 베어다 놓으면
어머니와 나는
의견이 맞지 않아
보이지 않는 기싸움을 했다

어머니는 이파리를 떼어내고
깻단을 잘 맞추어서 묶으라 하면
대충 묶어서 세워놓고
내년에는 참깨를 심지 말자고
남편에게 싫은 소리를 했던 내가

오늘, 참깨를 베어다 놓고
어머니가 했던 것처럼
참깻잎을 떼어내고
가지런히 정리를 해서
세워놓다가 화들짝 놀라는 나는
점점 어머니를 닮아가고 있다

어머니와 도시락

새벽 트랙터 일 나간 남편을 위해
도시락을 들고 전방으로 가는 길

어미 뒤를 따라
지뢰밭으로 들어가는 꿩 새끼의 모습에서
그리운 어머니 모습이 떠오른다

품앗이로 살던 가난한 시절
꾸부정히 부뚜막에 앉아
허겁지겁 물에 밥을 말아 드시고
도시락을 싸던 우리 엄마
길가에 핀 민들레 노란 꽃 속에 있다

땡볕에 야윈 등허리 다 젖은 품팔이
새참으로 받은 크림빵
차마 먹지 못하고 막내딸 생각으로
귀 떨어진 도시락에 넣던 우리 어머니

트랙터 일을 마치고

돌아온 남편이 남긴
크림빵을 뜯어 먹어도
그때처럼 달콤하지 않고
울컥 목이 메어 온다

넌 누구냐

언제부터인지 그놈은 부모님 산소 근처에
땅굴을 파서 집을 마련했다
얼마나 오래 살았으면
지나다닌 길에는 풀도 나지 않았다

요놈을 어떻게 할까
남편과 형부는 큰 돌멩이로
입구를 막아 경고를 하고 돌아왔다

하지만 그 옆으로 동굴을 만든 그놈
얼굴도 꼬리도 본 적 없는
용의주도한 놈이었다
햇빛도 잘 들고 공기도 좋은 곳에
집 두 채나 가지고 살고 있는 그놈

굴 안에 독한 연기를 피울까
강제로 집을 철거 할까
그런 생각을 하다가도
부모님 곁을 지키는

이웃이라는 생각이 든다

어쩌면 명절에만 찾아오는
우리들보다 그놈이
더 효자라는 생각이 든다.

고추장 담그기

어머님이 생전에 담궈 주신 고추장
바닥을 드러내고 있다

남편은 사 먹자고 하지만
어머님 손맛이 그리워
고추장을 담아보기로 했다

몇 번 보긴 했어도
엄두가 나지를 않아
이웃 형님께 부탁해서
고춧가루, 메줏가루, 소금, 물엿을 넣고
형님만 아는 비법도 넣고
힘 좋은 남편에게 큰 주걱으로
저으라고 시켰다

그렇게 만들어진
빨갛고 먹음직스러운 고추장을
항아리에 담아
민통선 안, 논 옆 장독대에 옮겨놓고

지나가는 바람과 따스한 봄 햇살에
맛있게 익어가길 기다린다

그리운 어머님 달콤 매콤했던 손맛처럼

금초와 복권 번호

뭐 하러 혼자 또 갔다 왔어
금초 한지 얼마나 됐다고
나는 좋으면서 퉁명스럽게 말을 했다

해마다 팔월 말이면
엄마, 아버지 함께
금초를 하던 남편은
올해는 억새가 많아서
새벽에 풀 약을 치고 왔다고 했다

나는 미안해서
우리 엄마 아버지는 너무 한 거 아냐
막냇사위가 몇 년을 금초를 해주면
꿈에 복권 번호라도 불러주든지
마음에 없는 투정을 부리자

넉살 좋은 남편은
그래 내년부터는 복권 번호 안 불러주면
금초 못 한다고 해

맞장구를 친다

하지만 나는 알고 있다
남편은 내년에도 금초 하러 간다는 것을
그래도 귀신은 공밥이 없다는 생각에
머리맡에 메모지와 볼펜을 놓고
잠들 생각이다

나비

엄마였을까

벌초하러 가는 길
갈색에 흰점무늬가 있는
나비 한 마리
팔랑팔랑 나를 따라온다

아침 이슬에
풀도 젖어 있는데
어디서 날아왔는지
풀을 정리하는 주위를 맴돌다
언니 손에 한참을 앉아
마치 우리 큰 딸 왔어
하는 것 같았다

그러다 내 손에
아픈 다리에 한참을 앉았다
홀연히 날아가 버렸다

매년 벌초해 주는 게
고마워서 와주신 걸까
돌아오는 길 우리가 앉아 있던
자리를 떠나지 못하는 그 나비는
잘 가라며 손짓하는 것 같다

언니와 휴가

사흘 여름휴가를 끝내고
서울 공장으로 돌아가야 하는
날짜가 다가와도
어린 동생 걱정에
하루를 더 보내고
느릿느릿 먼 길 재촉하던 언니

어린 동생 눈물이 밟혀
책갈피에 만 원짜리 지폐를
몰래 꽂아 넣어서
떨리던 손길로 건네주던
어머니 같았던 우리 언니

이제는 댓돌 위에서
반짝반짝 빛나던 뾰족구두도
내가 원하던 선물이 담겨 있었던
커다란 요술 가방도
기억 속에서 낡아만 가고

같이 걸었던 제방 둑길에서
입을 모아 불렀던
노랫가락은 바람 속으로 사라졌고
돌 틈 사이 패랭이꽃은
그리운 언니 얼굴이 되었습니다

숨

오빠의 마지막 숨을 지켜본
사람은 아무도 없었다

지적 장애가 있는 오빠는
평소에 현관문을 잠그고
긴긴밤을 홀로 잠을 자는데
그날은 왜 그랬는지 현관문이
닫히지 않게 신발이 나란히 놓여 있었다
가끔 찾아오는 나를 위한
마지막 배려였을까

오빠는 그날
마지막 숨을 붙잡기 위해
옷을 다 벗어 던지고
고통에 몸부림치다가
웅크린 채
영원히 잠이 들었다고 했다

그렇게 인사도 남기지 않고

마지막 긴 숨을 토해내고
떠난 오빠의 숨결은
추억이 남아 있는 집 근처
겨울 강둑을 걸을 때
서늘한 바람 속에서
나는 지금도 느끼고 있다

오빠의 추석 선물

지인들이 보내준
추석 선물을 보니
오빠 생각이 난다

지적 장애가 있는 오빠는
혼자 추석을 보낼 생각에
음식을 가지고 현관에 들어서면
오빠는 장애인 협회나 읍에서 가져온
비누와 치약이 들어 있는 상자를
자랑하며 나에게 슬쩍 내민다

동생에게 주고 싶은 오빠 마음이
가득 담겨있는 그 마음을 알기에
잘 쓸게 하면 얼굴 가득 번지던 미소
이제는 하늘에 별이 된 지 두 해

올해도 지인들이 보내준
배 사과 귤 햄들이 있지만
오빠의 미소가 담긴

비누 치약이 들어있는
선물을 받고 싶은 한가위다

봄바람

마음에 장애가 있는
오빠 마음은
흔들리는 갈대 같다

기분이 좋은 날이면
시장 가서 물건 산
얘기를 늘어놓지만
기분이 살짝 상한 날은
자전거로 마을 구경을 간다

미숙이와는 친구처럼
말이 잘 통하지만
나는 가시 같은 오빠 말에
가끔 마음이 찔리기도 하는데
알 수 없는 오빠 마음은
겨울이었다가 살랑살랑 불어오는
봄바람이다

엄마 마음

우리 애는 밥은 먹고 있수
어머니는 허리 수술한 아픔보다
자식 밥 굶을까 걱정이시다

엄마 마음은 똑같은가 보다
어릴 적 학교 갔다 돌아오면
배고플 딸을 위해
화롯불에서 바글바글 끓던 김치찌개
아랫목 이불 속에 묻어 두었던 하얀 쌀밥
다른 반찬이 없어도
한 공기 맛있게 비워 냈던 시절

그 시절이 그리워서
콩, 검은 쌀, 현미를 넣어
전기밥솥에 밥을 해 놓고
잘 익은 김치에 돼지고기를
듬뿍 넣고 찌개를 끓여도
그때처럼 엄마 맛이 나질 않는다

엄마의 몸뻬

마흔 넘어 얻은 막내딸
향기 없는 꽃 화투 놀이 끝에
돌아오는 밤길
행여 강변 냇바람이 추울까
몸뻬 속에 두 발을 넣어 주던 엄마

다섯 해 동안 중풍으로 누워있었던
엄마의 발을
몇 번이나 따스하게 해드렸는지
기억나지 않지만

나도 이제는 몸뻬 입을
나이가 되었구나
엄마처럼

엄마의 은반지

서랍 속에 간직했던
엄마의 유품
결혼반지였을까
아니면 무뚝뚝했던
아버지의 선물이었을까

한 번도
물어본 적은 없지만
가만히 들여다보면
평생 남의 집
품팔이로
울퉁불퉁해진
엄마 손가락을
닮아있네

손가락에 끼워보니
엄마의 체온이 전해지는 듯해서
가슴에 꼭 안아 본다

엿 고던 날

굴뚝 연기 새벽을 깨우는 겨울 아침
넉가래로 눈을 치우시는 아버지
가마솥엔 벌써 엿기름 향기가 난다

달콤한 향기에 문지방 닳도록
드나들 때쯤
조청 한 바가지 가득 퍼
옥수수 강정 쌀강정
만들어 내던 간식거리

연 날리던 아이들 돌아가는 저녁 무렵
양은 세숫대야에 물을 떠
아랫목 식힐 때쯤
장독대에서 겨울바람 따스하게 맞고 있는
달콤한 깨엿들

어른이 된 지금
장날에 나오는 깨엿을 입에 물면
그 겨울 어머니와 함께했던

아름다운 추억이
향기 되어 코끝을 아리게 한다

은비녀

꼬불꼬불 라면처럼
오래가는 파마를 하고
거울 앞에 앉은
내 모습이 엄마를 닮았다

내 어릴 적 엄마는
긴 머리를 땋아
쪽을 쪄 은비녀를 꽂으셨다

중풍으로 쓰러진 뒤에는
머리를 짧게 잘라서
가끔 친구 엄마의
파마머리가 부러워 떼를 쓰면
화롯불 부젓가락에 달구어
꼬불꼬불한 머리를 만들어 준
추억을 남기고 하늘나라로 간 우리 엄마

몇 번을 이사하고
가구를 바꿨어도

내 서랍 깊숙한 곳에
고이고이 보관하고 있는 엄마 은비녀
이번 추석에는 윤이 나게 닦아
머리에 꽂고 성묘하러 갈 생각이다

장마

제방이 무너지고
마을로 물이 들어오던 그날

중풍으로 누워 계셨던
엄마의 휠체어도
시집간 언니가 한 푼 두 푼 모아 사준
냉장고도 삼켜버린 밤

아끼시던 족보도 집문서도 아닌
빨간 돼지 저금통을
품에 안고 연동 성당으로
몸을 피하신 아버지

며칠 만에
찾아간 그곳에
담요 하나 의지해
몸을 뉘신 등 뒤에
우리 아버지
전 재산이었던 빨간 돼지 저금통

〉

장맛비가 내리는 밤이면
찰랑찰랑 넘치는 내 기억 속에
둥둥둥 떠다니는
동전으로 채워진 그 저금통

참깨를 털어놓고

어머니는
나 죽으면 어떡할래

시장 가서 사서 먹지요
생각도 하지 않고 대답을 했었다

어머니는 나 살아있을 때
배워두라고 하시면
나는 시장 가서 사 먹으면 되는데
쪼그려 앉아서 키질을 하는
어머님 모습을 이해 못했다

어머님이 돌아가시고
몇 년 만에 잘 여문 참깨를
햇살 좋은 날 골라 털면서
다시는 안 쓸 것 같았던 키를 꺼내
참깨를 까불었지만
나가라는 티껍은 안 나가고
참깨만 자꾸 밖으로 가출을 한다

〉

어머니가 없어도

혼자 잘할 것 같았던 나는

서툰 키질에 밤새 아픈 팔보다

마음이 더 아프다

추억의 안테나

어릴 적 이발소 집 마당에서
엄마 치맛자락을 붙들고 보던
수사반장이 종편 할 무렵
겉면이 빨간색인
이십인 치 흑백 TV를
큰오빠가 사 왔다

뒷마당에 안테나를 설치하고
안방에 모여 드라마를 보다가
바람이라도 부는 날이면
사라져 버리는 화면 때문에
아버지는 안테나를 이리저리 돌리시며
화면이 나오냐고 큰소리로 물으신다
왼쪽으로 돌려요. 아니 오른쪽으로
한참을 이리저리 돌려야 나오던
그 시절의 TV는 우리 집 재산목록 일호였다

며칠 전
영화를 좋아하는 남편은

대형 TV를 샀다
화면에서 사람이 튀어나올 것 같고
색상은 진짜 바닷가에 온 것만 같지만

아버지가 돌려주시던 안테나가 있던
그 시절 흑백 TV처럼 감동이 없다.

호박찌개

어스름이 내려앉은 저녁
손에 호미를 들고
등이 굽은 엄마가
남의 집 품팔이를 하고서
집으로 오시면

내가 준비한 엄마를 위한 저녁
양은 냄비에
늙은 호박과 감자 고추장을
넣은 찌개가
화롯불에서 바글바글 끓고 있고

배고픈 엄마는 투박한 손으로
호박 찌개를 한 그릇
맛있게 드시고
환하게 웃던 모습이
오래 기억 속에 남는데

이제는 호박 찌개를

끓여줄 수 없지만
된장 냄새가 바로 엄마 몸 냄새라는 것을
너무 늦게 알게 된 내가 미워진다.

어머니와 도시락 • 황기숙

제 2 부

아버지와 아들

거짓말

오늘도
얼큰히 취해서 들어 온
남편이
어제 나에게 한 거짓말
오늘부터 술 끊는다

지키지 않는 남편의
거짓말에 속아
이 십 년째 살고 있는 나

그래도 당신은 아직도
내 눈에 사랑스런 콩깍지랍니다

아버지와 아들

"아버지 위독"
"아들아, 빨리 와라"

다랑이 논농사
힘드신 아버지가
서울에 취직한 아들에게 보낸 전보

그렇게 속아서 귀향한 아들과
털털 낡은 경운기 끄는 아버지는
봄갈이가 시작될 무렵부터
황금벌판이 될 때까지
정답게 일을 했다

추수가 끝난 뒤에는
꽃 다방 커피를 좋아했던 아버지와
술을 들고는 못가도 마시고는 가는 아들은
마누라와 엄마 몰래 쌀자루에
정답게 구멍 뚫어
커피값, 술값을 했다는데

지금 생각해 보면
부전자전이 틀린 말이 아닌 것은 분명하다

금연 1

위출혈로 병원에 보름 넘게
이승과 저승을 배회하다
퇴원한 남편이 쓴 각서

담배 한 개피 피면
일금 오십만 원 지급
도장 꾸욱

한두 번 써본 각서는 아니지만
이번만은 왠지 믿고 싶었다

각서까지 써 놓고
매일 담배 한 갑씩 피우는 남편
계산해 보면
나는 하루에 천만 원씩 벌고
남편은 파산이 분명해서

이제 남편 명의로 된
하갈리 땅이라도
가압류 해야겠다

금연 2

양지리 땅을 걸고 썼던 금연각서를
남편은 기억하지 못하나 보다

담뱃값이 오른다는데
남들 다하는 사재기도 안 하고
오른 가격만큼 영양제가
들어있다고 농담을 하더니

담뱃값이라도 아끼려고
전자담배를 샀지만
며칠 피워 보더니
서랍 속 장식품이 되었다

그래도 미안한 생각은 있는지
조금씩 줄이겠다는
뻔한 거짓말을 하는 남편이
애처롭게 보이기도 한다

금주

모임에 나가는 남편 등 뒤에
"여 봉~ 잘 다녀오고, 술은 안 돼"
내 달콤한 목소리로
어린애 타이르듯 했지만

하루 종일
핸드폰 신호만 뚜~뚜
어느새 해가 지고
둥근 보름달이 골목을 밝히는데

아는지 모르는지
열시를 넘어서고
불안해진 마음이 터지기 직전

겨우 연결된 핸드폰 너머로 들리는
남편 목소리에서는 술 냄새가 풍겨온다

내 믿음에 대한 배신을
무엇으로 갚을까 궁리를 하다가

나도 모르게 내일 아침 끓일

해장국 재료가 있나

냉장고를 열어 본다

담배 도둑

남편이 술을 먹고 들어오면
나는 사기꾼이 된다

담배를 찾으면
나는 슬쩍 감춰 놓고
한 갑에 오천 원짜리를
이만 원에 흥정을 하면
얼큰하게 취해 기분 좋은 그이는
슬쩍 속는 척하며
지갑을 연다

다음날
텅 빈 지갑을 들고
눈뜨고 코 베어 갔다
사기꾼으로 신고를 한다
나에게 은근히 협박을 한다

그럴 때면
담배 장사를 해서 마련한

이만 원으로 닭백숙을 해서
남편 기분을 풀어주면 된다

듣기 좋은 거짓말

.

마누라
오늘
왜 이렇게 이뻐

아침에 뜬금없이
남편이 하는 말

요즘
자기 시력이 안 좋아졌나 했지만
속으로는 예쁘다는 말에
입가에 미소가 지어졌다

세월이 흘러
콩깍지가 벗겨 진지
오래지만

듣기 좋은 거짓말에 속아
오늘도
맛있는 흰 쌀밥에

고등어 한 마리 구워서
정답게 발라 먹고 싶어진다

맞선

술기운을 빌려 사랑한다 말하는 남편과
맞선 보던 날이 떠오른다

언니가 사준 명품 조이너스 옷
조금은 불편한 구두를 신고 들어간
잊지 못할 서울 다방

소개받은 남자는
잠바 주머니 속에
콤바인 사고로 다친
한 손을 슬쩍 감춘 채
어색한 첫 만남을 가졌고

논이 만 평이나 되고
큰 키에 유머 감각과
얇고 작은 입술을 가져
내 마음에 보랏빛 물망초를 피웠다

저녁을 먹어야 이루어진다는 나와

저녁을 먹지 말아야 이루어진다는 그

눈높이가 다른 우리였지만
그날 이후 저녁은
내가 책임지는 부부가 되었다

부부 싸움

서로 하나가 되라는 부부의 날
우리는 등을 돌린 채 앉아있다

아끼며 사랑하겠다는 약속은
유효 기간이 지나고
눈에 씌었던 콩깍지도
벗겨지는 세월을 살다 보면

서로 가족일 뿐이라고
농담 속에 진담을 섞고
사소한 말꼬리를 잡아
마음에 상처를 준다

티격태격 이십 년을 살다 보니
병아리처럼 여렸던 나는
싸움 잘하는 암탉이 되었고
호랑이처럼 강했던 남편은
눈치나 보는 힘없는 수탉이 되었다

이앙기

적금을 해약하고 산
중고 이앙기
모를 내보지도 못하고
논바닥에서 고장이 났다

이리저리 살피던
남편 얼굴 울그락불그락
대민 지원 나온 군인들
고장 난 이앙기만 쳐다보고

수리 기술자를 기다리며
불판 위에서는 삼겹살이
지글지글 구워지고
일꾼들은 허기진 배를 채우는데
돌아앉아 쓴 소주잔을
입에 털어 넣는 남편
오늘만큼은 내가 내렸던
금주령이 무효이다

추수

하늘이 또 흐리다

남편은 새벽잠을 설치며
거실 창문을 내다 보다
담배 한 개피에 깊은 한숨을
오덕리 안개 속에 섞는다

올해는 이상 기온이라
잘 여물지도 못했던 벼
가을비에 쓰러져
남편의 속을 태우고 있다

며칠 전만 해도 누런 벌판은
피로를 잊게 하는 보약이었는데
거센 태풍 바람에
보기만 해도 행복한
남편 웃음이 날아가버렸다

그래도 내일은

눈부신 햇살이 창문에 반짝이면
우리 남편은 다시
트랙터에 시동을 힘차게 걸고
황금벌판으로 달려갈 것이다

트랙터

십오 년 된 트랙터가
엔진이 멈춘 날
남편은 농협에
빚 도장 꾹 찍고
우리 집보다 비싼
트랙터를 샀다

제자리를 맴도는 쌀값은
해마다 오르는
비료 값 농약값을
마이너스 통장으로
채워 가는데

트랙터 몸값은 칠천만 원
매년 일정액을 갚는다는
계약서도 따라왔다

올해 비료를 몇 포 더 줘서
추수를 잘해야

트랙터 몸값이 나오겠다는
남편 말에 웃고는 있지만
빚을 다 갚을 때면
트랙터가 또 낡을 것을 생각하면
애물단지가 따로 없다

잘못 보낸 문자

"지금 몇 시인데 안 들어와"

밤 열 한시
남편 핸드폰으로 온 문자 한 통
잘못 보낸 문자인지 알면서

"여보 작은 마누라가 왜 안 들어 오냐는데
뭐라고 할까"

나는 터지는 웃음을 참으며

"큰 마누라 집에서 잔다고 그래"

어느 아내가 잘못 보낸 문자인지
엄마가 아들, 딸에게 보낸 문자인지는 몰라도
지루한 긴 겨울밤 작은 행복을 주었다

제 3 부

못자리 날짜

가뭄

금학산에 먹구름이 걸쳐야만
비가 온다는데
슬쩍 비껴가는 비구름이
야속하기만 하고

봄에 심어 놓은 고추는
매일 아침 금학산을 바라보며
타들어 가는 가뭄을 견디고 있지만
물주는 사람 하나 없이
또 하루가 지나가는데

꽃을 피워도 벌들조차
뜨거운 햇살을 피해 그늘 찾아 쉬고
드문드문 달린 고추 독을 품어
한 입 깨물면 매운맛이 혀끝에 맴돈다

오늘도 금학산에 먹구름이 걸쳤는데
비를 기다리던 목이 마른 고추는
한낮 땡볕에 목을 꺾는다

못자리 날짜
– 즐거운 농담

우리 집 못자리하는 날
바람이 많이 불자
현○○ 아저씨
영만이가 바람을 피워서
점쟁이에게 십만 원만
복채로 주어서
날씨가 좋지 않다며
아저씨들은 농담을 한다

이 씨네는 삼십만 원
박 씨네는 십오만 원을
점쟁이에게 주고 잡은 날이란다
그래서 못자리하는 날
날씨가 좋았다고
허풍을 떤다

나는 삼십만 원을 줬는데
작은 마누라 갖다 줬냐고 하니
형님들은 하하 호호

힘든 노동을 잠시
내려놓았다

내년에는 점쟁이에게
바람 안 부는 날을 잡아
남편의 억울함을 풀어줘야겠다.

못자리하던 날

못자리 품앗이를 하다가
이것도 모임이라고 회장을 뽑자는
농담이 시작 되었다

기호 일번 김씨 아저씨 삼겹살 파티
기호 이번 현씨 아저씨 오만 원권 상품권
기호 삼번 홍씨 아저씨 제주도
이박 삼일 여행권을
공약으로 내걸었다

북쪽으로 가지 못한 두루미도 모르게
비밀 투표를 했고
나는 삼번을 찍어
제주도 여행을 가자고 눈짓으로
남편과 약속을 했는데

회장으로 뽑힌 홍씨 아저씨는
제주도 이박삼일 여행과
기계 팀에게는 수당과

마스크 하나씩을
나눠주기로 했다

트럭 가득 실린 볍씨가
올가을에 풍년이 들면
우리는 흙 묻은 장화 벗어놓고
삽 들던 일손도 놓고서
부부 동반으로
제주도 여행을 갈 예정이다

귀여운 도둑

도둑이야

철통같은 양지리 검문소도
모형 감시 카메라도
빈틈없이 쳐놓은 그물망도 피해
흔적만 남기고 사라진 그놈에게

맛있는 무순을 도둑맞았다
한두 번 다녀간 것이 아닌 듯
무순을 남김없이 먹어버렸고
어린 무 뿌리만 남겨 놓았다

잡힐 듯 잡히지 않고
며칠째 모습을 감춘 그놈
귀여운 도둑 고라니를
공개 수배 한다

노루와 강낭콩

전쟁이다
지켜야 한다

강낭콩에 살랑 바람이 지나가고
따스한 햇살로 콩이 열리면
남편은 말뚝을 박고 망을 쳤다

노루가 긴 목을 빼고서
강낭콩 싹을 맛있게 먹고 사라지면
남편은 더 높이 망을 치고
노루는 긴 목을 더 길게 빼고서
남은 강낭콩 싹을
얄밉게 먹고 사라진다

어느 날 화가 난 남편은
제초제를 쳐서 소심한 복수를 했다

밭 근처에 털 빠진 노루가 보이면
바로 그놈일 것이다

농부의 마음

새로 산 이앙기가 서툰 남편
모를 낸 논이 지렁이 같고
듬성듬성 빠져있는 모습이
이빨 빠진 것 같은데

남편은
모는 절대 누비지 않겠다고
해마다 거짓말을 한다

그것도 잠시뿐
삐걱삐걱하는 허리를 붙잡고
모살이를 못해 죽은 빈 논이
보기 흉하다고 누비고
마누라 옷 한 벌 값이라며
핑계거리를 찾으며
빈자리에 바늘 같은 모를 심는다

봄 햇살 가득 내려앉은 논은
연두색으로 가득 차 있고

고개 숙인 벼 이삭 같은 허리로

논배미를 흐뭇하게 바라는

남편이 바로 농부의 마음이다

농부의 땅

땅은 배신하지 않는다고 했다
땅은 농부가 흘린 땀만큼 내어준다고 했다
쌀값을 제값 못 받을 때도
아버지가 물려주신 땅을 지키기 위해
고향을 지켰다

TV에선 서울 집값이
억억 소리에
농부의 땅이 농부의 마음이
달콤한 유혹에 흔들리지만
서울 전셋값도 안 된다는 서울 깍쟁이 말에
자존심이 무너지고 어깨에 힘이 빠지지만

그래도
가을에 황금 들녘을 바라보며
농부가 된 것을 남편은
후회를 해 본 적이 없다고 했다

모내기

아침 해가 떠오르는 시간
늙은 이앙기에 휘발유를 넣고
느릿느릿 발길을 재촉한다

반나절을 힘겹게 움직여서
이천 평에 모를 심었는데
옆 논에 젊은 이앙기란 놈은
벌써 삼천 평을 내고서
트럭을 타고 으스대며 사라진다

비록 내 의자는 낡고
칠이 군데군데 벗겨졌어도
모내기 철만 되면
내 주인은 나를 배불리 먹이며
괜찮다고 위로하지만

젊은 이앙기가 갖고 싶은 남편은
늙은 이앙기 모르게
야금야금 적금을 붓고 있다

배추

값이 비쌀 것을 기대하고
정성으로 심은 가을배추

영양제 듬뿍 주고
귀하디귀하게 키워
파랗게 살이 오르는
즐거움을 느낄 때쯤

후드득 요란한 소리로
구슬만 한 우박이 내려서
구멍이 숭숭 뚫려
내 가슴에도
곰보돌처럼 구멍이 나서
배춧잎 같은 돈을 세는
꿈은 다 빠져나갔는데

그냥 버리기에는
쏟은 정성이 억울해서
가을 맑은 햇살이 숭숭 드나든
철원 무공해 배추라고 우겨볼 생각이다

벼가 쓰러지다

벼를 수확해도
남는 건
봄부터 모아놓은
갚아야 할 영수증

그래서
남편은 욕심을 부렸다
비료 한 포에 농약 값
비료 두 포에 볍씨 값
비료 세 포에 농협 빚…

갚아도 갚아도
가을만 되면 쌓이는
외상영수증 때문에
우리 논은 벼가 쓰러져
골프장이 되지만

황금색으로 물들은 벼 이삭은
빈 통장을 채워주는 희망이다

시월의 양지리 논

추수가 끝난 빈 논이 쓸쓸할까 봐
따스한 햇살에 익어가는
들깨랑 콩이 묵묵히 논둑에 서 있다가
어느 날 농부의 낫질에 베어지고

여름에 맛있는 옥수수를 내어주고
홀로 남은 대궁
지나가는 바람에
서럽게 울고 서 있고

기러기 한 무리 내려와
큰소리로 합창을 하고
다정한 두루미 한 쌍
한가로이 낱알을 먹는 모습이
쓸쓸했던 시월의 빈 논을
가득 채워준다

우리가 추수를 마치고 떠난
논의 빈자리를 채워주는 모든 것이
소중하고 사랑스럽기만 하다

제 4 부

민통선에서 가져온 향기

대남 대북 방송

철조망을 사이에 두고
남과 북이 마주 본 확성기

우리 집에
미군이 있으니 내려와라
우리 집에는
핵무기가 있으니 올라와라

끝날 줄 모르는
줄다리만 육십 년

저승 갈 날 받고도
고향에 못 가는 실향민은
시끄럽기만 방송 소리가 아니라
녹슨 철조망 무너진 통일 소식이
듣고 싶을 뿐이다

민통선에서 가져온 향기

또야!

민통선 근처에서
논일을 마치고
검은 봉지에 아카시아 꽃을 담아
들고 오는 남편을 보고
내 목소리는 소프라노가 되었다

하지만 슬며시 내 손에 들려주며
전방에서 아카시아 향기를
몰고 왔다며 너스레를 떠는
믿지 않은 남편은
민통선 근처에서 따온
각종 꽃이나 열매들을
술이나 엑기스를 담아서
친구들을 주거나 진열하기를 좋아 한다

오늘도 날카로운 가시에 찔리면서
벌들의 생존권을 위협하며 따온

아카시아 향기가 거실 가득 퍼지자
소프라노였던 목소리는
어느새 알토가 되어있는데

오늘은 아카시아 꽃 속에
숨어 있던 배고픈 꿀벌 한 마리
화들짝 놀라 나를 향해 날카로운 침을
꺼내 보이는 것도 귀엽기만 하다

양지리 검문소 1

오○○ 씨 댁이시죠
남하 하셨습니까

보이스피싱 인줄 알았다
저녁 여덟 시쯤 걸려온 전화
수화기 너머로 들려오는 각진 목소리
덜컥 겁이 났다
남편은 북에 간 적도 없는데 남하라니
떨리는 목소리로
어디세요
여기 양지리 검문소입니다
아! 네
일곱 시쯤 남하했습니다

몰랐다
남편이 농사짓는 그곳이
남방한계선이라는 것을
남편은 신상정보가
들어있는 출입증을 내고

정해진 시간이 되어 나오면
민간인이 된다는 것을
오늘도 남하했냐는 전화에
익숙하게 대답한다
일곱 시에 남하했습니다

언젠가는 남하했냐는 전화 대신
통일이 됐다는 전화를
집에서도
받는 날이 오지 않을까

양지리 검문소 2

총을 든 군인들이
비상이라며 차를 막는다
무슨 일이냐고 물어도
비상이라는 말뿐
남편 점심을 갖다 주러 온 나는
밥만 주고 나오겠다고 사정을 해도
굳게 닫힌 문은 열리지 않는다

전화로 검문소로 오라고 했지만
철문을 사이에 두고
만나야만 했다
전쟁이 나면 이런 걸까
이렇게 서로 마주 보고도
만날 수 없는 것일지
모른다는 생각을 했다

나중에 뉴스를 통해서
북한에서 GOP를 향해
총을 쏘았다는 것을 알게 되었다

포 소리만 들려도
가슴이 덜컥 내려
앉을 때도 있는 철원
온종일 뒤숭숭한 하루였다

지뢰

논에 지뢰가 있어서
군부대에 신고했다는
남편 말에 놀라서
괜찮냐고 몇 번이나
되물었다

가을 추수가 끝나면
군인들은 빈 논에
플라스틱 물병을
묻어 두었다가
전쟁이 나면 그 속에
지뢰를 묻는 훈련을 하는데

봄이 되어도
수거를 하지 않은
플라스틱 물병을 보고
놀리는 남편 장난이었다는 것에
놀란 가슴을 쓸어내렸다

물병도 지뢰가 되는
세월이 지난 뒤에
통일을 가지고 농담하는
세상이 빨리 왔으면 좋겠다

철원의 유월

흑백논리가 세상을 지배하던
그 시절 유월에도
모내기는 일 년 반 농사였다

누구 생각인지 몰라도
흙탕 진탕 모를 내는 사람들에게
꼭 흰 옷을 입어야만
민통선을 통과할 수 있었다

새벽부터 털털털 경운기를 끌고
자전거를 타고 온 사람들이
나무판자에 못을 박아 만든 곳에
통행증을 걸다가도
미처 하얀색 옷을
준비 못 한 농부들은
윗도리를 벗어 팽개치고
흰 러닝셔츠를 입었다 한다

가뭄으로 논에 물을 대기 위해

밤을 새워야 할 때면
초소를 지키는 군인들 눈을 피해
통행증을 거는 척하며 들어가
캄캄한 밤 무서운 줄 모르고 후레쉬
불빛에 의지해 논에 물을 대곤 할 때는
검정색을 입고 대남방송을 자장가 삼아야 했었다

많은 세월이 흘러 민통선 안에서
옷은 자유로워졌지만
아무것도 모르는 백로는
옛날 흰옷을 입고 나를
무심히 바라보고 있다.

그녀를 닮은 채소죽

쓸개 수술을 하고 퇴원한 집으로
병문안을 온 미숙이가 들고 온
호박 당근 버섯 넣은 다음
그녀의 따뜻한 마음을
가득 넣은 채소죽

여러 가지 색을 내는 채소죽은
그녀를 닮았다
알뜰하게 살림 잘하고
주위 사람 잘 챙기며
맛있는 음식도
나눌 줄 아는 그녀는

서로 잘 어울려 맛을 내는
채소 죽을 닮았다

관광 1

못자리를 끝내고 부부 동반
서해안으로 떠난 여행

여자들은 약속한 적도 없는데
똑같이 빨간 점퍼를 입고
똑같이 뽀글이 파마를 했다

은희 삼촌은 웃음을 못 참고
같은 미용실 같은 옷 가게를
다니느냐고 놀려 대지만

버스 안에서 멋있게 노래 한 곡조 뽑고
지칠 줄 모르게 발바닥을 비벼대며
점심에 소주 한 잔도 마실 줄 아는

우리는 세상 무서운 것 없이
관광에 나선 아줌마들이다

관광 2

해장국으로 속을 달래고 나면
슬슬 참이슬로 발동을 건다

까만 썬글라스가 잘 어울리는
운전기사 아저씨는
DJ로 변신 중이고
오이를 안주 삼아
한 잔씩 돌아가면
뮤직 큐
첫 곡은 트로트 메들리

하나둘 자리에서 일어나
팔과 어깨를 흔들면
형님들은 김완선
아저씨들은 박남정이 되어
한 해 농사의 피로를 푼다

속초 앞바다가 보이고
맛있는 회를 먹고 돌아오는 길

〉

다시 음악 큐

기사 아저씨의 두 번째 선곡은 신나는 댄스곡

음치 박치인 나도 엉덩이가 들썩들썩

지치지도 않는 형님들은

노래가 끊어질 때면

그 시간 가는 것이 아까워

DJ 아저씨의

큐 싸인을 기다리며

쓴 소주잔을 입에 털어 넣는다

FTA

먼 나라
비행기 타고 가서 맺은 굴욕

농민들은
목숨 걸고 지키겠다는 현수막을 내걸고
피땀으로 지은 벼를 갈아 버려도
수입쌀 개방을 막을 힘이 없었다

해마다
단골처럼 찾아 오던 태풍도
미안한 마음에 먼 길로 돌아가고
논마다 누렇게 익은 벼가
올해는 풍년이라는데
오르지 않는 쌀값 때문에
농민들은 어깨에 힘이 빠진다

뉴스에선 담뱃값 인상
주민세 인상 시끄러운데
올해도 제값 받기 틀린 햅쌀

농민들 한숨이
빈 논에 메아리가 되어 가슴을 친다

빛바랜 사진

마지막으로 고향 집을 지키던
오빠가 떠난 짐을 정리하다가
낡은 사진 뭉치를 찾았다

칠십 년 세월을 돌아
나에게 전해진
낡은 사진 속에는
댕기머리에 한복을 입은
젊은 아버지가 있었다

아버지의 아픈 손가락인
열여섯에 시집을 간
고모는 사진 속에서
나를 보고 환하게 웃는다

아버지와 고모는
각박한 세상을 살면서
서로 만나는 시간도 없었지만
지금은 하늘나라 그곳에

마주 잡은 두 손 놓지 않고
형제의 정을 쌓고 있을 것 같다

보릿고개

엄마 감자밥이 싫어요
며칠째 올라오는 감자밥을 보고
철없이 뱉은 말이었다

우리 식량이던
감자도 동이 나고
아이들의 등쌀에
부끄러움이 많던 엄마는
부잣집 강씨 네를 찾아가
보리쌀 한 되만 팔라고 사정했지만
가격이 더 오른다는 이유로
거절당하고 돌아온 날

천근만근 발걸음으로
빈 자루를 들고
엄마의 눈자위는 붉기만 했었다

맑은 하늘이 드러나
알차게 여문 벼를 수확해

아이들 입에 하얀 쌀밥을
넣어 주던 바로 그날
엄마는 세상 어느 것도
부럽지 않았다고 했다

백일홍

선생님의 어머니가
정성으로 키운 백일홍을
옮겨 심었다

거름기 없는 땅에
어찌 피울까 걱정하며
풀도 뽑고 물도 주면서
여름을 보낼 무렵

지루한 장마도 잘 견디고
빨간 꽃을 피웠다

꽃 이름처럼 아파트 골목이
백일 동안 환해졌다

피자 대신 밥을

일요일 오후 한적한 고요를 깨트리는
요란한 오토바이 굉음이 들리면
틀림없이 청년이 배달을 하는 소리고
피자 상자들이 실려 있다

나도 가끔은 조카들이 오면
피자를 배달하기도 한다
하지만, 내 남편이 농부라서
TV에 쌀값 하락, 쌀로 사료를 만들어야 한다는
뉴스를 보면서 죄짓는 마음이다

어른들은 피자를 먹고 나서
밥을 먹어야 하지만
요즘 젊은이들은 피자만
먹어도 되는 체질로 바뀌었나 보다

바뀐 입맛을 탓하기보다는
논에서 피자가 열리는 품종을
개발하는 것도 한 방법이라는
엉뚱한 생각을 하게 되는 날이다

어
머
니
와
도
시
락
·
황
기
숙

제 5 부

싸리문집 노인

싸리문 집 노인

바람은
낡은 털신에 머물다 떠나고
노인의 기침 소리 툇마루에 머문다

부모 시름 잊어주던 자식들
서울로 떠나고

문풍지 사이 황소바람
뼛속을 시리게 하는데

벽에 걸린 괘종시계
하루를 더디게 가고
노인은 애기 보따리를
낡은 벽에다 혼자 풀고 있다

오늘도
열려 있는 싸리문이
그 소리를 듣고 있다

거짓말 2

내 심장이 고장이 났단다
언제 멈출 줄 모르니
응급실로 가라는
단골 의원 의사 선생님

병원 울렁증이 있는
나를 닮은 심장이
여기저기 기웃거리는
차가운 기계에 놀라
빠르게 뛴 탓이기도 하다

설마가 사람 잡는다고
덜컥 겁도 나면서
머릿속이 복잡해
부랴부랴 큰 병원으로 달려가
각종 검사를 받고
진짜 환자처럼 링거를
팔에 꽂고 초조하게 기다리고
또 기다린 뒤에 나타난 의사는

심장은 붉은 피를 내 몸에
잘 전달하고 있다는 진단을 내린 뒤
청구서를 내민다

오늘 황당한 거짓말에 속아
날아간 카드 값 십오만 원
그래서 사람들이
사짜라고 하는 것 같다.

경품

"마지막은 32인치 TV가 남았습니다"

화천으로 이장 부부들 모여 4개군 체육대회 간 날
마지막 상품 추첨에서 사회자의 목소리
애초 상복이 없는 나는
기대는 하지 않고 빨리 집으로 돌아올
생각하고 있었는데

"철원 97번!"

"정말 나야?"

다시 한번 부르는 사회자의 목소리를 듣고
남편은 달려나가 TV를 들고왔다

나에게도 이런 행운이
여기저기서 축하한다는 말과
화천에서 지루했던 하루가
행운으로 바뀌면서

경품으로 탄 TV를
오빠를 줄까
시동생을 줄까
버스를 타고 오는 동안
마음의 갈등이 생겼다

그래도,
오늘만큼은 내가 왕이다

굴러온 돌

추석 전날 차례 상차림
장 보러 나온 신식 며느리들은
진열대 그럴듯하고
각종 색소를 잔뜩 넣어
때깔 좋은 음식 파는 곳에만
줄지어 서 있다

몇 년째 시장에서
부침개 장사를 하던 아주머니
그 흔한 임대료가 없어서
외진 곳에 자리를 잡았는데
낡은 바구니 안에는
기름 냄새 맡은 파리들만 달려든다

억울한 심정에
늙은 년은 안 되고
젊은 년은 되냐
시장 안이 떠나도록 소리를 지르지만

그 슬픈 외침도
추석 송편 부침개 하기 싫은
요즘 며느리들에게는
시어머니 목소리처럼
소음공해로 들릴 뿐이다

꿈

여러 번 맞선을 봤지만
인연을 만들지 못해
가끔 논에 들렀다 가는 뒷모습이
이파리 떨어진 나무 같았던
이웃집 노총각이
한 달 전 베트남 아가씨와
올봄에 결혼했다는
소문이 들려서 항상 궁금했었다

눈이 시리도록 따스한 햇살이
논두렁에 가득 머문 날
하얀 원피스에 모자를 쓴
베트남 아가씨가
이웃집 총각 논두렁에
꽃처럼 앉아 있다

문득, 마주친 눈길
손에 고추 모종을 들고
장화를 신은 내 모습이

쎄레질한 논바닥에서
흰 날개를 개칠한 왜가리 같아
나도 모르게 손을 감춘다

나도 한때는
논두렁에 다소곳이 앉아
남편을 바라보다가
쉴 참이면 예쁜 도시락 풀어
서로 입에 넣어 주던
종달새 한 쌍 같았던
신혼 시절이 있었지만
일장춘몽처럼 빠르게 지나갔다는 것을
베트남 새댁은 알고 있을지 모르겠다

낮잠

꿈속
어느 강가 옆 밭에
주렁주렁 달린 수박
제일 큰 것만 골라
함지에 가득 담아
집 안 현관에 갖다 놓고
깜빡 졸고 일어나니
감쪽같이 사라진 수박

꿈속이지만 얼마나 아깝던지
수박을 가져오라며 남편에게
고래고래 소리를 지르다
잠에서 깨니
외출했던 그이가 들어왔다
나는 꿈 얘기를 들려주자
트랙터 로타리 값 갚으려고
가져갔다 농담을 한다

혹시나 찾아본 해몽

재물이 들어오는 꿈이란다
남편이 가져간 수박이
복권 일등 되는
꿈이 아니었을까

아쉬워서 주머니를 털어
복권 가게로 간다

냉이

봄을 캐왔다고
403호 언니가
나눠준 냉이

살짝 데쳐
고추장에 조물조물 무쳐
하얀 쌀밥에 올리면
달콤 쌉쌀한 맛

그래 이것이 바로 봄 냄새다

도토리

무시하지 마라
비록 산에서
길가에서
흔하게 굴러다니고
다람쥐 먹이가
되기도 하지만

사람들은
나를 주우려면
고개를 숙여야만 하지

그러니 무시하지 마라

마흔다섯

하루가 사십오키로로 간다는 나이

머리카락은 새치가 하나둘 생겨나고
옷은 좀 더 화려하고
신발은 섹시 한 걸 고른다

어느 날 슬며시 찾아온 갱년기에
얼굴이 화끈거리고
밤잠을 설칠 때도 있지만

내 마음은 삼십 대로
이십 대로 돌아가라 하는데
이런 내 기대를 모르는지
뼈마디가 쑤셔온다

내일은 비가 올 것 같다

보석 구두

쎄일!

커다란 문구에
이끌려 들어간 신발 가게 구두는
굽이 십 센티가 되어야
명품이 될 수 있는지
모두 큰 키를 자랑한다

구두에 장식된 반짝이는 알들은
보석 별 루비를 닮아 있어
덜컥 비싼 몸값 치르고 사서 놓고
며칠을 보고 또 보고 망설인다

울퉁불퉁 못생긴
내 발에는 안 어울리지만
마음만은 신데렐라가 되어
유리 계단을 오르고 있다

베트남 새색시

올봄 결혼한 광열씨 집에선
매일 참기름을 짠다

러블리 로즈를 닮은
새색시 얼굴 누가 볼까
담장에 호박넝쿨 가득 심었는데

어쩌다 보이는 광열씨
얼굴엔 따사로운 가을빛이 묻어난다

어느 날
광열씨의 천둥처럼 큰 소리가 들리고
새색시의 울음소리가 담장을 넘었다
이웃들은 불길한 상상을 소근소근 했지만
내 경험으로는 부부싸움은
칼로 물 베기, 사랑싸움일 뿐

며칠 후
두 부부를 태운 오토바이가

들판으로 일을 나가고
추수를 미처 끝내기도 전에
소곤소곤 달콤한 여행을 떠났다는
부러운 소문이 들려왔다

뽀샵 미인

오른쪽으로 돌리세요
턱은 약간 내리시고
살짝 웃어보세요

어색한 표정이
맘에 들지 않는 듯
한 컷 한 컷 찍고 나면
사진사는 마우스로
내 얼굴을 성형한다

눈은 동그랗게
피부는 하얗게
얼굴은 계란형
미소 살짝 만들면
나는 포토 강남 미인이 된 듯하다

그러나 아무리
기술이 발달하고
신출귀몰 포토샵 해도

눈가에 감추어진
세월은 어쩔 수 없다

장미

긴 담장을 타고 가는 넝쿨장미는
어디로 가는지 알 수 없듯이
내 마음도 어디로 가는지
알 수 없었다

너의 꽃잎 새 뒤에 가시처럼
나도 날카로운 가시를 숨기고
다가오는 사람들에게
상처를 내곤 했었지

너의 향기를 맡기 전에는
내 삶의 불만과 투정으로
아름다운 꽃을 피우기보다
날카로운 가시가 되길 원했지

그래도 너는 오월이 되면 담장에
빨간 장미꽃을 보고
내 마음을 위로 받았고
바람에 실려 온 향기에

내 날카롭던 가시도
점점 무디어 갔었지

욕심

올해는 정말 안 해
하우스에 주렁주렁 달린
풋고추를 보고도
두 눈을 질끈 감고 돌아섰지만

바삭하고 고소한 맛 잊지 못해
바구니 가득 따온 고추
튀김옷을 입히고 쪄내고
서로 붙지 않게 떼어내서
햇빛에 말리고 정성 들여
만들고 있는 고추 부각

이번이 마지막이라고
다짐을 다시 해보지만
내년에도 나는 고추 부각을
더 많이 만들고 있을 것 같다

추석

새벽에
가끔 마주치는
오층에 사시는 아주머니
등에 커다란 가방을 메고
품팔러 가시는 뒷모습이
우리 엄마 생각이 나서

남편이 이장 일을 보면서
읍에서 나오는 고기나 쌀을
갖다 드리면
늘 고맙다며 미안해 하셨다

추석을 며칠 남기고
아주머니는 별거 아니라며
홍삼 세트를 내미시며
쑥스러워하시는 모습에
내 것을 준 것도 아닌데
가슴이 뜨겁고 행복한
하루였다

집들이

망초 꽃이 흐드러지게 핀 여름날
노씨 할아버지의 마지막 집을 짓기 위해서
마을 사람들이 모였다

평생 농부로
땅 닷 마지기로
자식들 공부시켜 시집 장가보내고
중풍으로 누워 있다
꽃상여 타고 새집으로 이사 가시는 날

노씨 어르신의 아버지가
마련해 놓으신 한 평 되는 땅에
이승에 남긴 육신을 모시는
포크레인 굉음이 한참 곡을 한 뒤에
산소 앞에 놓인
마지막 점심은 동태국

집들이 선물로 준 수건으로
얼굴에 땀을 닦는 시늉으로

눈가를 찍어 낸 것은
우리들 비밀이기도 하다

크리스마스 선물

크리스마스트리가
마음을 설레게 하는
거리를 걷다가
아디다스 패딩점퍼가
마음에 꽃불을 단 듯
환하게 눈에 들어왔다

가격이 만만치 않아
통장 잔고를
몇 번이고 확인하는데
약속이나 한듯이
아파트 청소 아르바이트하러 가자고
걸려온 전화

빗자루와 쓰레받기를 들고
집을 나서면서 받을 일당과
패딩점퍼 가격을
몇 번이고 계산해 보았다

하루 종일 정성껏 쓸고 닦고
마음이 즐거운 것도 잠시
오늘 하루만 일이 있단다

돈도 못 받고 돌아온 저녁
남편은
내 팔다리를 주무느라
팔이 아프고
내 마음은
크리스마스 선물 때문에 아프다

홈쇼핑

오늘도 TV에 나오는 쇼호스트는
거짓말을 하고 있다

오늘 최저가 찬스
사만 구천 구백 원에
하나 더 주는
둘도 없는 기회

방송이 끝나기도 전에
수화기를 들고 있지만
나도 안다
내가 입으면 쑈호스트처럼
예쁘지 않다는 걸

홈쇼핑을 보고 십오 분 참으면
대단한 사람이라는
친구 말을 떠올리며
한 시간을 참고 있는데

현관문 쪽에서 들리는 소리

"홈쇼핑에 주문한 택배요!"

다이어트

무릎이 아파
찾아간 병원
배가 좀 나온
의사 선생님 처방은
흰쌀밥을 먹지 말고
살을 빼란다

현미 귀리로
밥을 먹고
허기진 배고픔은
무로 달래가며
체중계에 올라가니
조금은 살이 빠졌는데
며칠 뒤 다시 찾아간 병원
반 공기 먹는 밥을
더 줄이고 채소를 먹으란다

집으로 돌아오는 길
임신 육개월 쯤 돼 보이던

의사 배를 떠올리며

그렇게 쉬우면

선생님 뱃살이나 빼세요

허공에 외치니

사이다 먹은 것처럼

속이 다 시원했다.

내일부터 또

다이어트를 하기 위해

체중계와 친구를 해야겠다.

꽃 배달

이른 아침
랄랄라~ 울리는 현관 벨 소리
꽃 배달 왔습니다

결혼기념일도 아니고
생일도 아닌데
어제 부부싸움 한 게
미안해서
남편의 이벤트
주책맞은 심장은
자존심도 없는지 두근두근

안개꽃 속에 빨간 장미가
내 눈에 들어왔는데
박ㅇㅇ씨 댁인가요
환상은 깨지고
내 설렘도 날아갔다

오늘은 자존심을 버리고

남편에게 전화해서
빨간 장미 한 다발
사오라 해야겠다

행복 나무

나는 오래전 마음속에
나무 한 구루를 심었다
햇빛도 잘 들고 가지도 많이 치길 바라며

처음 옆 나무가 새잎이 날 때도
가지가 생길 때도 기다리며
조금 늦는 거라 위로하며
내 나무는 하늘로 가지를 뻗었다

가끔은
비를 피해줄 잎이 없어도
세찬 바람이 가지를 흔들어도

튼튼한 뿌리
따스한 봄바람이 있어
내 나무는 오늘도 행복의
나이테가 늘어간다

자화상

초등학교 삼학년 겨울
보건소에서 왔다는 남자

내 다리를 구부렸다 폈다
가는 왼쪽 다리를 유심히 보고 나서

날벼락처럼 던진 말
소아마비

그리고 무지개처럼 전하던 말
서울 큰 병원 가면 고칠 수 있는...

그 희망을 놓지 않고 기다린
사십 년 세월

아직도 나는
십 센티 하이힐을 신고
거리에 나서는 꿈을 꾸는
여자다

황기숙 시인의 첫 시집
『어머니와 도시락』이 주는 다섯 개의 단상

정춘근
(시인)

첫 번째 단상, 「싸리문집 노인」

나는 철원에서 시를 쓰고 문예 창작 강의를 한다. 내가 사람들 앞에서 강의를 한다면 동창들은 믿지 않는다. 이유는 학창시절 나는 친구들과 대화를 나눈 적이 없을 정도로 잘 어울리지 않았다. 교실에서는 존재감이 없었고 수업이 끝나면 뒤도 돌아보지 않고 집으로 돌아와 몇 권의 책을 챙겨서 뒷동산에 가고는 했다. 그곳에는 큰 곰이 납작 엎드린 형상의 큰 바위가 있었고 마침 근처가 잔디밭이라 바위에 등을 기대고 책을 읽는 것이 유일한 취미였다. 그것도 심드렁해지면 눈을 감고 토막잠을 자기도 했다. 그렇게 시간을 보내다 금학산 자락을 넘어가는 저녁 햇살을 바라보면 무언가 치밀어 오르는 뜨거움이 있었다. 그런 감정을 끄적대는 버릇이 생겼는데 매일 반복하다 보니 노트 여러 권이 되기도 했다. 그것도 다른 사람에게 보이기 싫어서 습관적으로 태워 버리는 것을 반복하면서 학창시절을 보냈다.

그러던 어느 날 학교에서 교지를 만든다고 창작품 한 편씩 의무적으로 내라는 이야기가 들렸다. 애초 학교에서 시키는 일을 귓등으로 듣는 성격이라 신경도 쓰지 않고 있었는데 나를 은근히 지켜보던 국어 선생님이 꼭 내야 한다는 강요에 대충 써서 제출을 했었다. 근데 이게 사달이 됐다. 낙서 같은 글을 본 국어 선생님은 반장을 통해 호출을 했지만 나는 못 들은 척하고 교무실에 가지 않았다. 속으로 '아쉬우면 올 것이지 잘못도 없는데 지옥 같은 교무실에 왜 부르냐.'는 반발도 있었고 싸구려 포마드 향을 풍기면서 자못 근엄한 선생님들이 모여 있는 그곳 분위기가 싫어서였다. 문제는 국어수업 시간이었다. 선생님은 나를 부르더니 뜬금없이 재판장이 판결을 내리듯이 엄숙하게 한마디 했다.

"너는 시인이 될 것이다."

그 소리를 들은 친구들은 박장대소를 했다. 왜냐하면 국민학교 시절부터 일기 숙제를 한 적이 없었고 흔한 독후감을 제출한 역사가 없었기 때문이었다. 솔직하게 써야 한다는 일기는 선생님에게 마음을 드러내 보이기 싫었고 또 독후감은 재미없는 책을 읽는 것이 지옥 같았고 각종 사탕발림 표현하는 것이 성격에 맞지도 않았다. 여기에다가 그 시절 국군 장병들을 대상으로 위문편지를 일 년에 몇 번 써야 하는데 얼굴도 모르는 사람에게 글을 쓴다는 것이 애초 마음에 들지 않아서 제출한 경우가 없어서 친구들은 글에는 젬병이라는 인식이 강했다. 그런데 시인이 된다고 하니 폭소가 터졌던 것이었다. 그것은 내가 알 바가 아니고 다른 사람 말은 소귀에 경 읽기로 생각했던 나는 교무실에 안 간 것을 퉁을 치는 심정으로 듣고 금방 잊어버렸다. 그런데 국어 선생님 선견지명이(?) 통했는지 세월이 흘러 정신을 차려보니 시골의 무명작가가 되어있었다. 호구지책이라도 하려고 빌려 입은 옷같이 불편하기만 문예창작 강의가 되어있었다. 그렇게 강의가 끝나면 수강생들에 떠밀려 점심을 하는 경우가 많았다. 그런 점심 중에서 지금도 눈에 생생한 것이 꽃이 만발한 봄날 기억이다. 배꽃이 화사하게 핀 과수원에서 '배 국수'를 먹으러 갔었다. 크고 작은 나무에 가녀린 꽃들이 소복을 입은 듯은 여인이 미소를 짓는 듯한 묘한 유혹을 느끼게 하는 분위기 속에 국수를 달게 먹고 요란하게 떠드는 회원들 눈을 피해 줄행랑을 칠 기회를 보고 있었다.

그때 이번에 첫 시집을 발간하는 황기숙 회원이 불쑥 "선생님, 이것 좀 봐주세요." 습작품을 내밀었는데 제목이 「싸리문집 노인」이었다. 종이를 몇 번 접었다 편 자리가 마치 조지훈 시인의 「승무」에 나오는 구절처럼 '고이 접어서 나빌레라' 느낌이었다. 그 짧은 시간에 나보다 내공이 깊은 작가에게 작품을 보이려고 할 때 망설였고 떨렸던 느낌, 그리고 기대했던 이야기보다 가혹하면서 악평에 가까운 소리를 들어야 했던 아픈 경험이 번개처럼 스쳐갔다. 그래서 적당하게 평을 하고 자리를 떠야겠다는 생각으로 작품을 읽어보았다.

바람은
낡은 털신에 머물다 떠나고
노인의 기침소리 툇마루에 머문다

(중략)

벽에 걸린 괘종시계
하루를 더디게 가고
노인은 애기 보따리를
낡은 벽에다 혼자 풀고 있다

오늘도
열려 있는 싸리문이
그 소리를 듣고 있다

－「싸리문집 노인」일부

스쳐가듯 읽은 느낌은 한 마디로 '거참 좋다.'였다. 우선 중요한 것은 작가가 바라보는 사물이다. 잘나고 멋진 이미지가 아니라 자식들이 다 떠난 빈집을 지키는 노인을 바라보는 애잔한 눈길이다. 마치 정희성 시인이 「옹기전에서」라는 작품에서 '잘 빚어진 것보다 약간 실수한 것'에 애정을 갖는 것과 같은 눈길이 있다는 것이 마음을 이끌었다. 작가는 잘난 것에 번쩍이는 관을 얹어주는 사람이 아니다. 세파에서 밀려난 힘없고 보잘것없는 것들에 애정을 갖고 보듬어 주는 역할을 하는 직업이다. 상허 이태준이 작품에서 세상 경쟁에서 실패한 사람들을 주인공으로 내세워 읽는 독자들에게 안타까운 느낌을 공유하게 했던 의미가 문학의 출발점이라는 점에서 황기숙 씨의 습작이었던 「싸리문집 노인」은 앞으로 좋은 글을 쓰는 작가가 될 것이라는 기대를 갖게했었다. 특히 '싸리문'이라는 독특한 이미지이다. 이것이 평범하게 보일 수도 있지만 글쓴이는 혼자 사는 노인의 삶을 한 단어로 정리하고 싶은 간절함이 담겨 있다. 마치 서정주 시인 「자화상」에서 가난을 '손톱이 까만 에미의 아들'이라고 표현한 것과 같은 맥락을 담고 있음을 알 수 있다. 혼자 사는 노인이 풀어 놓는 넋두리는 들어 줄 이웃은 없지만 자식을 기다리면서 열어 놓은 싸리문이 조용히 듣고 있는 풍경을 그려낸 것은 작품의 완성도를 높이고 있다. 즉 황기숙 시인은 주변 풍경이나 사소한 일에 의미를 부여하는 노력을 많이 하고 있는데 그런 작품들이 모여 있는 곳이 시집 제5부에 등장하는 시편들로 독자들이 정독을 했으면 하는 바람이다.

두 번째 단상, 「아버지와 아들」

본인은 열여섯 되던 해에 아버지를 잃었다. 갑자기 병마가 든 아버지는 마흔둘 나이에 내가 산 그림자에 기대서 책을 보던 산자락에 묻혔다. 그래서 내 기억 속에 아버지는 청년의 모습으로 남아있다. 황해도 해주가 고향이던 아버지는 총알이 소낙비처럼 쏟아지는 길을 따라 할아버지 손에 이끌려 피난 온 실향민이었다. 직업은 공사 현장을 관리하는 소장이었고 봄부터 초겨울까지 객지 생활을 하셨다. 겨울이면 집에 있었는데 라디오에서 '고향초' 노래가 흘러나오면 눈을 감고 따라 불렀고 시간이 날 때마다 책을 보시며 한국 전쟁으로 학업 기회를 놓친 한을 달랬다. 아버지는 한문과 붓글씨에 능했고 영어도 잘하셨고 내가 원하는 것을 단 한 번도 거절하지 않았다. 기억에 남은 것은 중학교에 입학을 해서 친구들과 시내 서점에 갔다가 금장판으로 새겨진 12권 짜리 『한국단편문학전집』을 보고 아버지를 졸랐는데 어느 날 내 머리맡에 놓여 있었던 것이다. 당시 쌀 한 가마 가격이었는데 당신은 내게 필요하다고 판단을 했던 것 같다. 그런 아버지를 사춘기 시절에 하늘나라로 보낸 나는 마지막 선물이었던 『한국단편문학전집』을 다 외울 정도로 읽고 또 읽었다. 아마 내가 글을 쓰면서 서정시보다는 주변 사람들 이야기를 주제로 삼는 것은 단편 소설 속에 등장했던 수많은 주인공들과 나눴던 대화가 기초가 된 셈이다. 그럼에도 불구하고 아버

지가 있는 친구들은 부러움에 대상이었다. 나이가 들어
서 좋은 일이 있을 때마다 아버지가 곁에 있었다면...
하는 서러운 상상을 하는 것이 비밀이다.

"아버지 위독"/"아들아, 빨리 와라"//다랑이 논농사/
힘드신 아버지가/서울에 취직한 아들에게 보낸 전보

그렇게 속아서 귀향한 아들과/털털 낡은 경운기 끄
는 아버지는/봄갈이가 시작될 무렵부터/황금벌판이
될 때까지/정답게 일을 했다

추수가 끝난 뒤에는/꽃 다방 커피를 좋아했던 아버
지와/술을 들고는 못가도 마시고는 가는 아들은/마누
라와 엄마 몰래 쌀자루에/정답게 구멍 뚫어/커피값,
술값을 했다는데/지금 생각해 보면/부전자전이 틀린
말이 아닌 것은 분명하다

— 「아버지와 아들」 전문

위의 글은 다랑이 농사가 힘든 아버지가 서울에 취직
한 아들에게 위독하다는 전보를 띄우고 속아서 내려온
아들이 농사를 짓는 내용이다. 이런 일은 시골에서는 자
주 일어날 수 있는 사연이지만 그 뒷부분이 읽는 사람
에게 흥미를 일으킨다. 추수가 끝난 뒤에는 별로 할 일
이 없는 농한기가 되는데 아버지는 꽃 다방에 커피를 마
시러 갈 비자금이 필요했고 술을 좋아하는 아들은 용돈

이 궁했다. 이것을 해결하기 위해 뒷방에 쌓아 놓은 쌀자루에 구멍을 뚫어 팔았다는 이야기로 전개되고 있다. 이런 범죄행위(?)에 손발이 맞는 아버지와 아들을 부전자전이라는 표현을 통해 왠지 모를 정감을 이끌고 있다. 문학은 비난받아야 할 행동을 아름답게 꾸며내는 힘이 있다는 것을 새삼 느끼게 만든다. 여기에 등장하는 아들은 황기숙 시인의 남편이다. 필자와는 같은 중고등학교를 다닌 동창이다. 학교 운동부, 럭비 선수로 전국 대회를 주름잡던 친구로 교내에서는 인기남이었다. 그와 황기숙 시인이 만나게 된 사연을 담은 작품이 「맞선」이다. 당시에는 주로 다방에서 만났는데 둘에게는 바로 천생연분처럼 사랑의 콩깍지가 씌워졌고 결혼까지 골인하기 위한 생각 차이가 있었다. 황기숙 시인은 '저녁을 먹어야 이루어 진다'고 생각했고 친구는 '저녁을 먹지 말아야 이루어 진다'는 고정관념이 있었다. 그러나 이것이 사랑을 장애는 되지 못하고 오히려 '그날 이후 저녁은/내가 책임지는 부부가 되는' 사이로 발전을 한 것을 묘사하고 있다. 두 부부는 「금주」와 「금연」 문제로 아웅다웅하는 작품들이 등장을 하지만 부부 싸움이 아니라 서로를 위하고 걱정하는 칼로 물베기 사랑 싸움 중이다. 금주 약속을 어기고 만취가 되어 들어 온 남편을 위해 '나도 모르게 내일 아침 끓일/해장국 재료가 있나/냉장고를 열어 본다'에서 빼박 증거다. 더욱이 「부부싸움」에서 병아리처럼 여렸던 내가 싸움 잘하는 암탉이 되었다는 자조적인 표현 속에서 호랑이처럼 강했던 남편을 힘

없는 수탉이 되는 것에 안타까운 시선을 두고 있는 것은 아직도 애정이 식지 않은 사이라는 것을 엿볼 수 있다.

세 번째 단상 「못자리 날짜」

철원은 전국 명품으로 알려진 오대쌀의 생산지이다. 밥맛이 좋은 이유는 딱 한 가지이다. 오대쌀에는 철분 (Fe) 성분이 많기 때문이다. 鐵原이라는 지명에 철이 있으니 당연한 것이다. 농사에 관련해서 본인에게도 아름아름한 기억이 있다. 한국 전쟁이 끝난 뒤에 할아버지는 황기숙 시인이 사는 아파트 근처에서 농사를 짓고 있었다. 한 세대를 앞서서 생각하는 비지니스적 사고를 가졌던 할아버지는 백미 600석을 수확할 정도로 큰 농사꾼이었다. 당시에 귀한 기와집이 ㅁ자 지었는데 문간방에는 머슴을 두 명이나 두고 있었다. 그리고 시내에서 미국과 합작을 한 전기 정미소를 운영했고 2층 목조로 된 최고급 식당의 소유주였다.(나중에 문어발식으로 벌린 사업은 문어발식으로 망한 것이 아쉽지만,,.) 그런 집에 장손으로 태어난 나는 모내기 철에 머슴을 졸라서 등에 업히어 구경 나갔었다. 논 가장자리로 맴도는 송사리를 잡으려다가 그 시절 흔했던 거머리가 손가락에 철썩 붙었었다. 놀란 내가 소리를 지르자 논 끝에 있던 아버지가 첨벙첨벙 달려와 거머리를 뜯어내고 피가 흐르는 손가락을 당신 입에 넣어서 피를 멈추게 했다. 물론 그날 저녁 죄가 없는 머슴들만 할아버지 호통을 들어야만 했었다. 가끔 모내기를 하는 모습을 보면 내 울음소리에 모를 팽개치고 놀라서 달려오던 그리운 아버지를 떠올리게 된다. 그런 연유로 '못자리'를 주제로 쓴 시들은 눈길이 더 간다.

황기숙 시인은 오대 쌀농사를 짓는다. 모내기는 반년 농사라고 할 정도로 중요한 작업이다. 아무리 기계화가 되어 있어도 모판에 벼를 심어서 싹을 틔우는 못자리는 사람들이 모여서 품앗이를 해야 한다. 이 작업은 생각보다 힘이 든다. 못 자리를 할 때는 바람까지 심하게 불어서 작업을 더 어렵게 한다. 그것을 피하기 위해 작업을 하는 사람들끼리 농담을 주고받는데 그것이 시의 소재로 등장하고 있다.

> 우리 집 못자리하는 날/바람이 많이 불자/현○○ 아저씨/영만이가 바람을 피워서
> 점쟁이에게 십만 원만/복채로 주어서/날씨가 좋지 않다며/아저씨들은 농담을 한다
>
> – 「못자리 날짜」 일부

위의 글을 보면 우리 민족에게는 해학이 생활화되어 있다는 공감하게 만든다. 못자리를 하는데 봄바람이 불자 남편이 바람을 피워서 그런다는 조크를 던진다. 봄

바람과 남편의 바람을 슬쩍 끌어다 붙이는 해학이 힘든 노동을 잊게 한다. 이 말을 받아서 같이 일을 하던 아저씨들이 못자리 날짜를 잡아 준 점쟁이에게 복채를 십만 원밖에 안 줘서 그런다고 거든다. 이렇게 주고받고 웃으면서 일을 하는 모습은 정겨운 그림으로 상상된다. 아저씨들 농담에 대응하는 황기숙 시인이 던지는 한 마디가 절창이다.

> 나는 삼십만 원을 줬는데/작은 마누라 갖다 줬냐고
> 하니/형님들은 하하 호호/힘든 노동을 잠시/내려놓았
> 다
>
> ─「못자리 날짜」 일부

못자리 날짜를 점쟁이에게 십만 원밖에 안 줘서 바람이 분다는 농담에 아내인 황기숙 시인이 삼십만 원 줬는데 작은 마누라 갖다 준 것 아니냐는 말로 받는 것은 그만큼 넉넉한 여유를 갖고 있다는 증거일 것이다. 가만히 시를 읽다가 보면 '봄바람=바람=작은 마누라' 이렇게 파격적인 등장이 전혀 외설적이지 않고 정겨운 느낌이 드는 것은 진솔한 삶이 담겨 있기 때문으로 보인다. 또 농사를 짓다 보면 야생동물 피해를 피할 수 없다. 농부들이 정성껏 심는 농작물을 망치는 야생동물이 황기숙 시인 사는 곳에는 흔히 볼 수 있다. 농사를 짓는 곳이 아침에 왔다가 저녁이면 귀가를 해서 무주공산에 가까운 민간인 출입 통제선 안이기 때문이다. 그들을 막

기 위해서 각종 대책을 만들지만 거의 효과가 없어서 약탈당하는 수준으로 피해를 입는다. 농작물 피해를 입은 상황을 황기숙 시인은 원망보다는 애잔한 시각으로 바라보는 특징이 있다. 이런 시각은 야생동물도 하나의 소중한 것으로 인정하는 생명 사상을 바탕으로 하고 있다는 것을 알 수 있게 만든다.

맛있는 무순을 도둑맞았다/한두 번 다녀간 것이 아닌 듯/무순을 남김없이 먹어버렸고
어린 무 뿌리만 남겨놓았다//잡힐 듯 잡히지 않고/며칠째 모습을 감춘 그놈/귀여운 도둑 고라니를/공개 수배 한다

– 「귀여운 도둑」 일부

노루가 긴 목을 빼고서/강낭콩 싹을 맛있게 먹고 사라지면/남편은 더 높이 망을 치고/노루는 긴 목을 더 길게 빼고서/남은 강낭콩 싹을/얄밉게 먹고 사라진다//어느 날 화가 난 남편은/제초제를 쳐서 소심한 복수를 했다//밭 근처에 털 빠진 노루가 보이면/바로 그놈일 것이다

– 「노루와 강낭콩」 일부

소개한 두 편의 작품을 보면 황기숙 시인이 자신의 농작물을 망친 고라니와 노루를 증오하는 시각을 보이지 않고 있다. 애써 가꾼 무순을 다 뜯어 먹어 어린뿌리만

남겨서 다시 심어야 하는 난감한 상황이 되었지만 귀여운 고라니로 부르고 있는 것은 비록 야생동물이지만 소중한 생명이라는 것을 강조하고 있는 듯하다. 노루가 등장하는 작품에서 강낭콩을 지키기 위해 남편은 더 높은 그물망을 치지만 목을 길게 뽑아서 얄밉게 먹고 사라지는 것에 제초제를 치는 복수를 한다. 그런 장면을 지켜본 황기숙 시인은 제초제에 시든 강낭콩을 뜯어 먹어서 털이 빠진 노루를 떠올리는 상상을 하면서 작품을 맺고 있다. 다른 집 같으면 야생동물에게 결정타를 가하는 방법을 쓰는 데 반해 황기숙 시인의 부부는 겨우 제초제를 치는 것으로 복수를 하는 모습은 순박한 부창부수를 보여주고 있다. 이렇게 주변 생명체를 따스한 눈으로 바라보는 것은 「시월의 양지리 논」에서 더 높은 품격으로 나타나고 있다. 보통 10월이면 논들은 추수를 마치고 다음 해 논갈이할 때까지 빈 들판이 된다. 그때 철원 들판에는 수많은 철새들이 몰려와서 월동을 하거나 낟알을 먹고 남쪽으로 내려갔다가 초봄이면 다시 잠시 찾아와 주린 배를 채우고 북쪽으로 날아간다. 그런 모습을 황기숙 시인은 다음과 같이 노래하고 있는데 작가로서 주변 사물에 보내는 애정을 읽을 수 있어서 절창이다.

　　우리가 추수를 마치고 떠난/논의 빈자리를 채워주는
　　모든 것이/소중하고 사랑스럽기만 하다

— 「시월의 양지리 논」 일부

네 번째 단상 「민통선에서 가져온 향기」

황기숙 시인이 사는 철원은 휴전선을 경계로 북한과 마주하고 있는 접경 지역이다. 농사를 지으러 갈 때는 검문소를 통과해야 한다. 집을 지을 때도 군부대의 동의라는 허락을 받아야 한다. 저녁만 되면 민간출입통제선 안에는 사람이 없는 무인도와 같은 지역이 된다. 이것을 통제하는 것이 군인이 지키고 있는 검문소이다. 주민들에게는 아주 불편한 일이다. 그래서 이전을 요구하지만 안보를 내세워 들어 요지부동이다. 얼마나 무소불위 힘이 있느냐면 도지사가 민북마을을 방문했는데 검문소 초병이 주민등록증을 요구했다. 도지사가 자존심이 상했었는지 아니면 주민등록증을 갖고 오는 것을 깜빡했는지 초소 통과를 거부당하고 돌아가야 했다. 민북마을에서는 맞아들일 준비를 하고 있었는데 씁쓸한 파국으로 정리되었다. 몇 년 전에는 군부대를 이전시켜서 빈 막사가 수두룩해도 변하지 않은 상태이다. 그런 통제 속에 황기숙 부부는 농사를 짓는 사연들을 작품에 담고 있다. 그런 작품 중에서 눈길을 끄는 것이 「민통선에서 가져온 향기」이다. 논일을 마치고 집으로 돌아오면서 향기 짙은 아카시아 꽃가지를 꺾어 봉지에 넣어서 아내인 황기숙 시인에게 주는 것이 작품 내용이다. 아무리 농사꾼이라도 꽃을 꺾어서 아내에게 전해 주는 남편의 순정이 느껴진다.

또야!//민통선 근처에서/논일을 마치고/검은 봉지에
아카시아 꽃을 담아/들고 오는 남편을 보고/내 목소리
는 소프라노가 되었다

하지만 슬며시 내 손에 들려주며/전방에서 아카시아
향기를/몰고 왔다며 너스레를 떠는/밉지 않은 남편은
(중략)
아카시아 향기가 거실 가득 퍼지자/소프라노였던 목
소리는/어느새 알토가 되어있는데

오늘은 아카시아 꽃 속에/숨어 있던 배고픈 꿀벌 한
마리/화들짝 놀라 나를 향해 날카로운 침을/꺼내 보이
는 것도 귀엽기만 하다

- 「민통선에서 가져온 향기」 일부

시를 보면 남편의 헌화가를 보는 듯하다. '또야'라는
첫 구절은 상습범(?)이라는 것을 알 수 있고 꽃을 전해
주면서 낭만적인 이야기보다는 '전방(민통선 다른 이름)에서
아카시아 향기를 몰고 왔다'고 접경 지역 정서를 말하고
있다. 이런 표현은 지역의 뿌리를 작품에 담아내는 기
법으로 황기숙 시인의 내공이 상당히 깊다는 것을 증명
하고 있다. 그리고 꽃 속에 숨어 있던 꿀벌 한 마리를 등
장시켜서 작품의 완성도를 높이고 있는 부분은 눈여겨
볼 대목이다. 언제나 문학의 소재는 원칙이 없다. 작가
가 느끼는 것을 스스럼없이 담아내는 것이 문학이 추구

하는 목적일 것이다. 도시에 사는 작가는 도시 이야기를 시골에 사는 작가는 시골 이야기가 주제가 되는 것은 당연하다. 그것을 인식하지 못하고 자신들의 잣대로 다른 사람들 작품을 바라보는 것은 '틀린 것이 아니라 다른 것'이라는 점을 인정해야 한다. 즉 학 다리가 길다고 자르지 않아야 한다는 생각이다. 그런 관점에서 이번 시집에 실린 황기숙 시인의 작품 중에 민통선이 주제가 된 시는 소재 면에서나 완결 측면에서 우리 문단에는 소중한 자산일 것이다. 다른 작품에서 대남 대북 방송 대신 통일 소리를 듣고 싶어 「대남 대북 방송」 검문소를 주제로 쓴 「철원의 유월」, 「양지리 검문소 2」와 겨울이면 땅이 얼어서 지뢰 매설이 어려운 것을 피하기 위해 가을에 군인들이 PT병을 묻었다가 회수하지 않은 사연을 주제로 삼은 「지뢰」 등에서는 황기숙 시인의 작품이 어디에 뿌리내리고 있는지를 확실히 보여주고 있다. 그런 작품 중에서 몇 번 읽어보게 만드는 것이 아래와 같이 고도의 완결성을 성취한 작품으로 소개해 보면 다음과 같다.

오○○ 씨 댁이시죠/남하 하셨습니까//보이스피싱인줄 알았다/저녁 여덟 시쯤 걸려온 전화/수화기 너머로 들려오는 각진 목소리/덜컥 겁이 났다/남편은 북에 간 적도 없는데 남하라니/떨리는 목소리로/어디세요/여기 양지리 검문소입니다/아! 네/일곱 시쯤 남하 했습니다

(중략)

언젠가는 남하했냐는 전화 대신/통일이 됐다는 전화
를/집에서도/받는 날이 오지 않을까

– 「양지리 검문소 1」 일부

위의 글에 등장하는 단어들이 섬뜩하다. '남하 하셨습
니까'라는 단어는 일반적이지 않다. 왜냐면 남하에 반대
말을 월북이기 때문이다. 마치 1970년대 매카시즘을
보는 것 같다. 이것은 황기숙 시인이 사는 철원에서만
통용되는 대화일 것이다. 양지리 검문소를 통해서 논일
을 갔던 남편이 집에 귀가를 한 시간을 검문소 초병이
확인하는 내용을 작품화한 것이다. 갑자기 걸려온 군인
전화를 각진 목소리로 표현을 한 것은 그들의 말투를 적
절하게 비유하고 있다. 남편이 일곱시 쯤 돌아왔다는 대
답을 아무렇지 않게 하지만 엄격하게 이야기를 하자면
헌법에 보장된 사생활 침해 요소도 있어 보인다. 그렇
게 생활의 일부분마저 군부대에서 통제하는 듯한 불편
함을 벗어 던지는 통일 전화를 받고 싶어 하는 바람은
황기숙 시인뿐만 아니라 모든 사람의 소원이라는 공감
을 이끄는 힘이 있는 작품이다.

마지막 단상 「어머니와 도시락」

문학을 흔히 인간의 정서를 순화시키는 기능이 있다

고 한다. 그렇다면 어떤 기능이 복잡한 인간의 정서를 올바르게 만드는 것일까. 아마 그것을 문학 작품을 읽고 난 뒤에 남는 감동이 만들어내는 마법과도 같은 것이라는 생각이다. 윤동주 시인의 「서시」에서 '죽는 날까지/한 점 부끄럼 없기를'이 주는 감동, 함민복 시인의 '눈물은 왜 짠가.'라는 구절이 주는 가슴이 아려오는 순간 등이 주는 여운이 독자들 마음을 따뜻하게 만든다. 그리고 자신의 삶을 돌아보게 만드는 힘이 있다. 그래서 문예창작 강의 시간에는 난해한 암호 같은 현대시를 피하고 스토리 텔링이 되는 옛 냄새가 곰곰이 풍기는 작품을 위주로 소개를 한다. 나 또한 그런 시를 창작하는데 가끔 출판사에서 청탁을 하면서 '모던한 작품'을 요구하면 단칼에 거절을 하는 편이다. 시골에 무명작가에게 모던한 작품을 청한다는 것은 '나무에 올라가서 물고기를 구한다.'는 연목구어緣木求魚와 같은 일이기 때문이다. 이유야 어쨌든 강의 시간에 항상 강조하는 것이 '읽고 난 뒤에 맹숭맹숭한 글보다는 감동이 있는 글'을 쓰라는 것이다. 그런 의미에서 황기숙 시인은 감동을 느끼게 만드는 재능이 풍부해 보인다. 그 대표적인 시가 시집 제목이 된 작품이다.

새벽 트랙터 일 나간 남편을 위해
도시락을 들고 전방으로 가는 길

어미 뒤를 따라

지뢰밭으로 들어가는 꿩 새끼의 모습에서
그리운 어머니 모습이 떠오른다

품앗이로 살던 가난한 시절
꾸부정히 부뚜막에 앉아
허겁지겁 물에 밥을 말아 드시고
도시락을 싸던 우리 엄마
길가에 핀 민들레 노란 꽃 속에 있다

땡볕에 야윈 등허리 다 젖은 품팔이
새참으로 받은 크림빵
차마 먹지 못하고 막내딸 생각으로
귀 떨어진 도시락에 넣던 우리 어머니

트랙터 일을 마치고
돌아온 남편이 남긴
크림빵을 뜯어 먹어도
그때처럼 달콤하지 않고
울컥 목이 메어 온다

- 「어머니와 도시락」 전문

이 작품에는 사연이 있다. 본인이 두 번째 시집 『수류
탄 고기잡이』를 출판했을 때 문학을 공부하던 회원들이
문화원에서 자작시화 전시회를 했었다. 액자에 넣어 전
시회를 하는데 소문을 듣고 찾아온 사람 중에 황기숙 시

인이 전시한 작품 「어머니와 도시락」 앞에서 발길을 떼지 못하는 청년이 있었다. 우연인지는 몰라도 다음 날에도 그 청년은 황기숙 시인 작품 앞에 한참을 서서 보고 있었다. 사연이 궁금해서 물어보았더니 근처 초등학교 교사였고 자신의 어머니가 시에 내용처럼 키워 주셔서 쉽게 발걸음을 옮길 수 없다는 눈가가 촉촉해져 있었다. 이 경우처럼 문학은 공감하고 호흡하며 느낌을 공유하는 것이다. 문학은 여러 사람을 만족하는 도구는 아니다. 자신과 같은 경험을 공감하는 계층과 소통 수단이다. 「어머니와 도시락」은 가난했던 1970년대 갈대처럼 여리면서 결코 세파에 꺾이지 않았던 어머니의 고단한 삶의 일부이다. 트랙터 일을 하러 나간 남편을 위해 도시락을 들고 가다 어미 꿩을 따라서 지뢰밭으로 들어가는 새끼들 모습에서 옛날 자신의 모습을 찾아내는 작가의 눈이 섬세하다. 이어서 과거 부뚜막에서 부지런히 밥을 물에 말아 먹고 도시락을 싸던 어머니를 민들레 꽃 속에서 찾는다. 철원의 민들레는 군인들 탱크와 트럭, 훈련받는 군인들 군홧발 그리고 농사짓는 기계에 짓이겨져도 다시 일어서면서 꽃을 피운다. 이파리는 다 찢어지고 대공은 어머니 허리처럼 굽었고 누가 봐주지 않은 노란 꽃이 엄마와 같다는 생각을 하는 것은 그 시절을 살았던 딸들의 마음일 것이다. 당시 품팔이를 나가면 새참으로 크림빵을 주는데 어머니는 허기를 참으면서 막내딸인 황기숙 시인을 주려고 귀 떨어진 도시락에 담아온 이야기를 시적으로 풀어 놓고 있다. 어머니 은

혜가 바다보다 깊고 하늘보다 높다는 표현보다 배고픔
을 참으며 가져 온 크림빵 한 봉지가 더 울컥하게 치미
는 어머니 사랑을 느끼게 만든다. 세월이 흘러 어머니
는 우리 곁을 떠났고 어느덧 그 나이가 되어 남편이 남
겨온 크림빵을 뜯어 먹어도 달콤한 맛은 느껴지지 않고
울컥 목이 메어오는 묘사는 큰 감동을 준다.

　황기숙 시인은 '어머니와 있었던 일'을 추억하면서 닮
아가고 있는 자신을 발견하는 과정을 담담하게 그려내
고 있고 '남기고 간 물건'을 통해서 그리움을 환치시키
고 있다. 또한 '언니' '오빠' '아버지'에 대한 그리움을 일
기장 적듯이 창작을 하고 있어 친근감을 주고 있다. 주
위 사물에 생명력을 불어넣고 있는 작품들은 많은 독자
들에게 주목을 받기에 충분하다. 주변에는 첫 시집 발
간에 만족하고 정체되는 작가들이 많다. 작가가 작품에
만족하는 순간은 등산으로 치면 정상에 오른 것으로 이
후에는 내려오는 일밖에 없다. 언제나 떨리는 손으로
「싸리문집 노인」을 내밀던 초심을 잃지 않고 창작 활동
을 했으면 하는 바람으로 펜을 놓는다.